發生了大爆炸。
在宇宙中，
經常發生
這種情況。
爆炸的行星變成了隕石，
朝不明的方向，四處飛散。

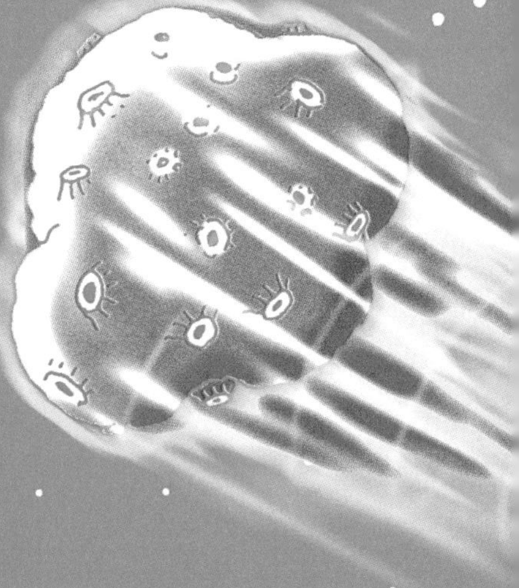

其中，有一顆隕石，
非常巨大，
正以驚人的速度，
在宇宙中前進。

直到昨天，才終於發現，
這顆隕石正往地球飛來……
而且，已經非常、非常、非常
接近地球了！

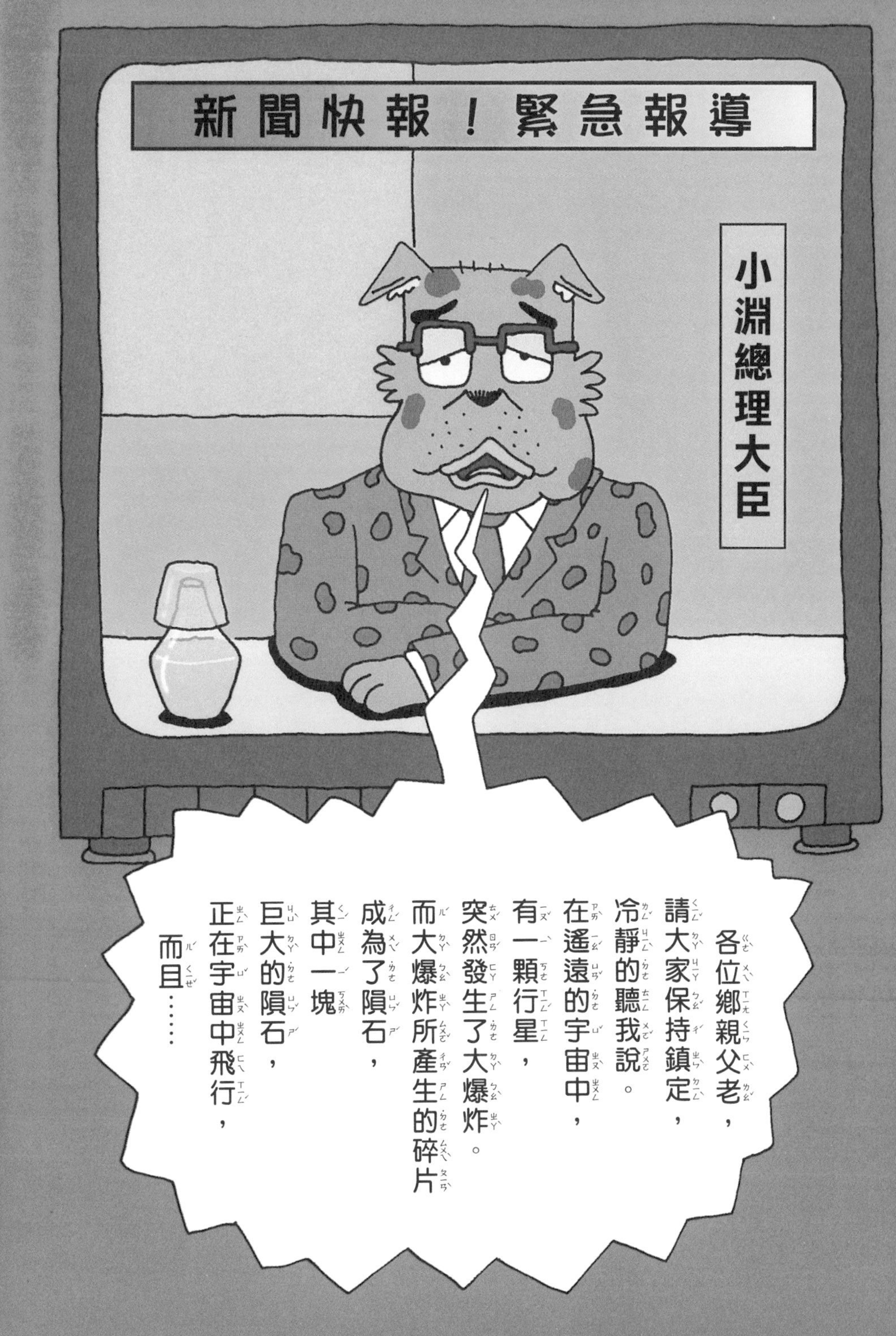

新聞快報！緊急報導
小淵總理大臣
各位鄉親父老，
請大家保持鎮定，
冷靜的聽我說。
在遙遠的宇宙中，
有一顆行星，
突然發生了大爆炸。
而大爆炸所產生的碎片
成為了隕石，
其中一塊
巨大的隕石，
正在宇宙中飛行，
而且……

目前正朝著我們的地球飛過來!!
隕石的速度愈來愈快，根據估計，將會在明天中午，撞上地球。事到如今，已經沒有任何方法，也沒有時間阻止了。
啪！

一旦地球被這顆巨大的隕石撞上，將毫無抵抗的能力。
☆如果說，地球像西瓜這麼大，那麼，那顆隕石大概就有蘋果那麼大。
各位鄉親父老，也許是命中註定，我們已經無能為力了。大家不必再抱希望，就靜靜的迎接生命的最後一刻吧。

我個人也希望，能夠和家人一起共度生命中的最後一天，所以，緊急報導就到此結束。
最後，請大家透過電腦所模擬的撞擊畫面，瞭解明天中午即將發生的隕石撞地球情況。
相信只要大家看了模擬影像，就會非常清楚，無論躲去哪裡，無論逃去哪裡，都只是白費工夫。各位鄉親父老，永別了。

怪傑佐羅力之拯救世界末日

文·圖 **原裕**　譯　王蘊潔

佐羅力三人正站在街角的電器行櫥窗前，看著電視上的報導，佐羅力茫然的呆站在原地。

「地、地球就要毀滅了……

這麼說來，我想要建造佐羅力城，和迎娶漂亮新娘的夢想，

買電視
就要來
○×△電器行
BS接

就統統無法實現了嗎？
我的爸爸說不定還活在世上，
真的再也沒有機會見面了嗎？
我和你們兩兄弟一起旅行了這麼久，
這一切就這樣結束了嗎……？」
佐羅力垂頭喪氣，
轉過頭看向伊豬豬
和魯豬豬……

……他們兩個人已經衝進附近的地瓜田，
拔起地瓜，大口大口的塞進嘴裡，
狂吃特吃。

「喂，你們兩個人在幹什麼？」
佐羅力問。

「我們要在隕石撞到地球之前，
把肚子填飽。」

「唉，對啊，一旦死翹翹了，
就什麼都吃不到了。」

「嘖，你們兩個怎麼死到臨頭，

還是這麼小家子氣。

這種時候，大家全跑回家去，什麼都丟著不管啦，

便利商店裡的人大概也都走光了，

只要去那裡，不就吃什麼都統統免費了嗎？」

「呃？是、是真的嗎？

那我還吃了這麼多地瓜，真是虧大了。」

伊豬豬和魯豬豬站起來，

準備去找一家便利商店。

突然，伊豬豬和魯豬豬，

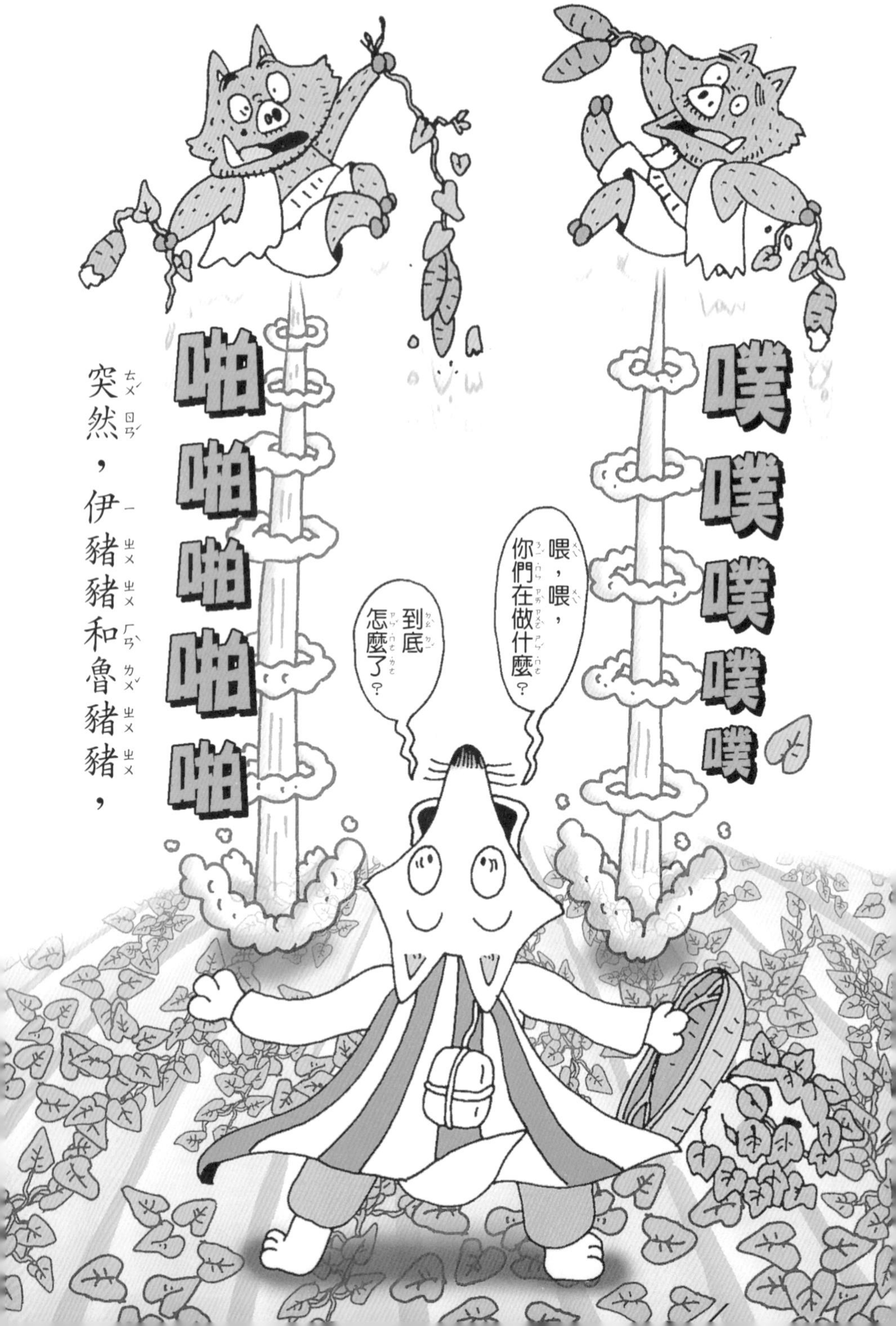

兩人一起飄上了天，而且懸在半空中。

「啊呀呀呀，屁、屁一直放不完。」

「救、救命啊，讓我下來。」

佐羅力仰頭看著大聲慘叫的伊豬豬和魯豬豬，不知道到底發生了什麼事，只能目瞪口呆的站在原地。

「哇哈哈哈哈哈。」

從地瓜田的後方傳來了一陣笑聲，接著……

噗、噗、噗、噗。

一位白袍博士，

像伊豬豬和魯豬豬一樣，

不停的放著屁，

身體懸在半空中，

緩緩出現在佐羅力面前。

「怎麼樣？這些就是我造屁博士特製的地瓜，
放屁量可達普通地瓜的八倍。」

「喔喔喔，屁屁威力真是驚人啊。」

佐羅力撿起一個地瓜，
拿在手上打量著，
博士開心的對他說：

「啊唷，我看你好像很感興趣嘛，
要不要到我的研究所去，
好好參觀一下？」

造屁博士的研究所裡面，
種植了五花八門、
各式各樣的蔬菜。

「我在這個研究所裡研究蔬菜，
研究了這麼多年，還沒能得到任何肯定，
沒想到世界末日就來臨了。
地球就要毀滅了，
我等於是白白浪費了這一生啊，
哈哈哈。」

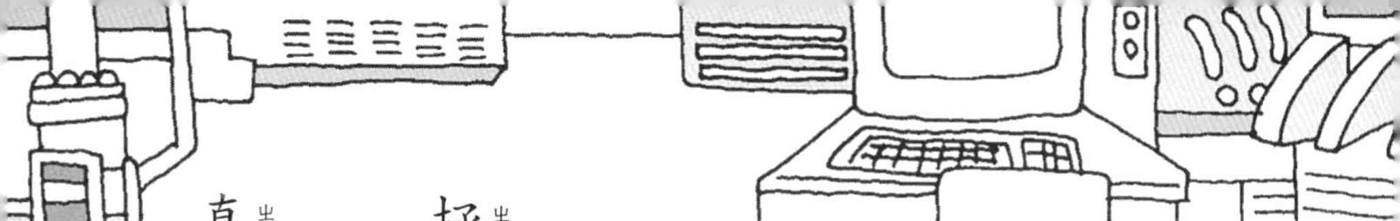

博士的笑聲，聽來讓人覺得很難過。

這時，雙手握著地瓜的佐羅力眼睛發亮，他對博士說：

「不，這個搞不好可以用來拯救地球喔。」

「你、你說什麼？真的假的？」

光輝燦爛的屁屁歷史

到目前為止，我們靠著屁的威力，克服了很多難關。

☆靠屁的力量從
外太空回到地球。

靠屁的威力從懸崖上衝下來
啪嘶

怎麼樣？我們的屁和普通人的屁，可不一樣呢。

博士聽了，放聲大笑起來。

「哇哈哈哈，你的意思是，
要用屁的威力去把那顆巨大隕石彈開嗎？
怎麼可能呢？即使你們吃再多我種的地瓜，
擁有八倍威力的屁，
最多也只能把普通的大石頭彈出去而已。」

「你說的對，但是，你看看這個。」

佐羅力說著，從隨身行李裡拿出了
一張設計圖。

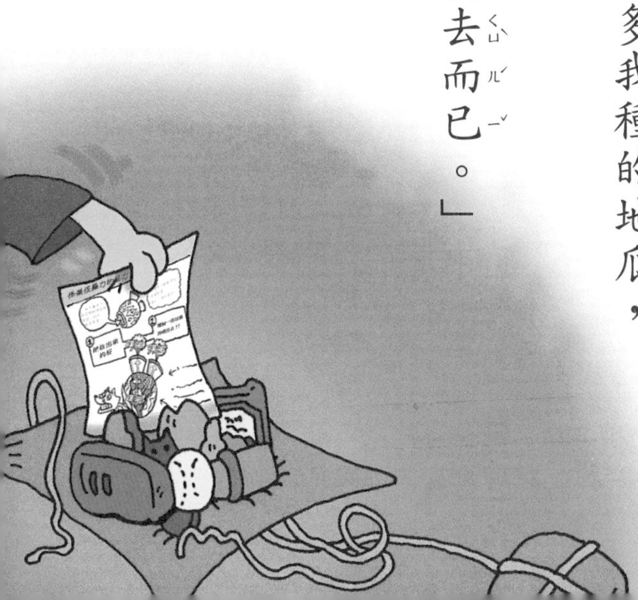

怪傑佐羅力的屁力倍增機
如下圖所示，把屁股對準這裡，然後，把屁收集在裡面。
倍增是什麼意思呢？答案就是增加一倍的意思。
1 把放出來的屁
2 增加一倍以後再噴出去！！
噗啪
噗啪
噗啪
本大爺很早以前就一直在思考，怎麼樣才能把屁轉變成巨大的能量，所以，就設計了這個機器。
這樣的法寶是什麼時候設計的啊？
佐羅力大師真是天才啊。

造屁博士仔細看了佐羅力的設計圖，

「喔，原來是這樣。

真是太厲害了，

但是，如果只有一台這種機器，

恐怕不能發揮作用，

我來看看。」

造屁博士把很多數據輸入電腦，

利用電腦程式計算了一下。

電腦所計算出來的結果

如果要用屁的威力把那顆巨大的隕石彈走，需要多少屁力？

☆ 至少要有七名可以放出不同凡響的屁的放屁高手。

☆ 必須讓每一個放屁高手，開懷大吃造屁博士種的地瓜。

☆ 像左圖那樣，把106個佐羅力設計的屁力倍增機連在一起，再請放屁高手同時放出最有威力的屁。

在這裡面，把佐羅力所設計的屁力倍增機一個接著一個連在一起，到底可以聚集多少倍威力無窮、驚天動地的屁力呢？
1 七名放屁高手的屁透過這些管子同時發射出去
造屁博士種的地瓜
2 把屁送進屁力倍增機後，再經過許多的屁力倍增機，威力不斷倍增。
把屁股對準這裡，然後，開始放屁。

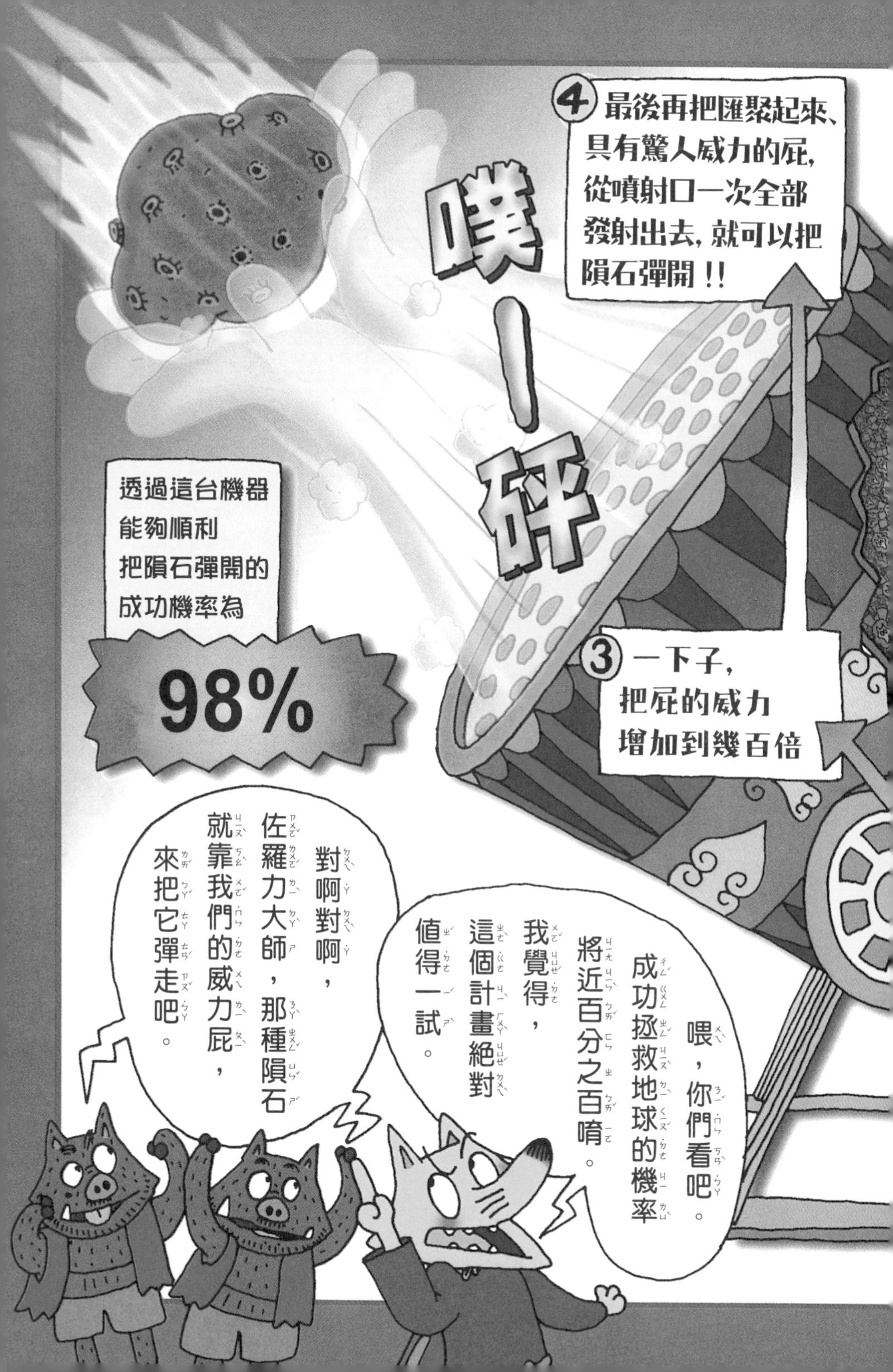
④最後再把匯聚起來、具有驚人威力的屁，從噴射口一次全部發射出去，就可以把隕石彈開!!
噗—砰
③一下子，把屁的威力增加到幾百倍
透過這台機器能夠順利把隕石彈開的成功機率為
98%
喂，你們看吧。成功拯救地球的機率將近百分之百唷。我覺得，這個計畫絕對值得一試。
對啊對啊，佐羅力大師，那種隕石就靠我們的威力屁，來把它彈走吧。

「一共需要七個放屁高手，
這代表除了我們三個人以外，
還要另外再找四個人。」
聽到佐羅力說的話，博士說：
「不瞞你說，我因為長期研究地瓜的關係，
我的屁力也相當驚人喔，
所以，只要另外再找三個人
就夠了!!」

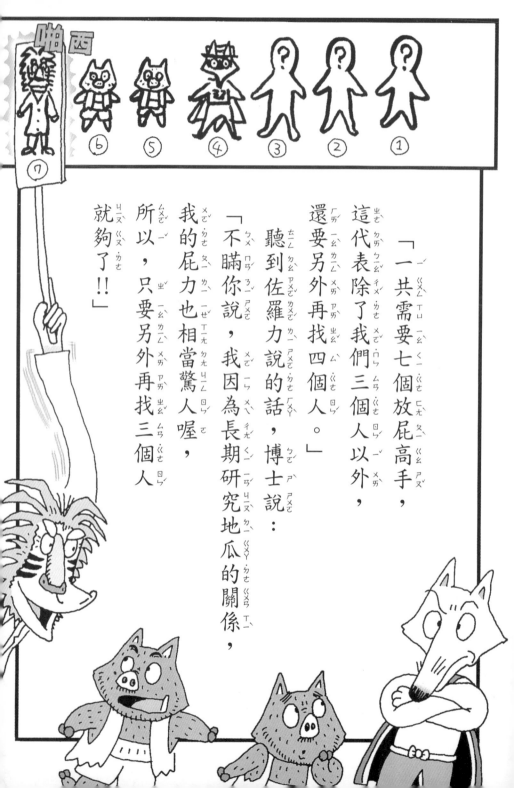

「好，那我們立刻出發
去找人。」
佐羅力正打算衝出門，
造屁博士卻一把拉住他，
對他說：
「我想了一下，
這個計畫還是沒辦法成功。」
「啊？為、為什麼呢？」
伊豬豬忍不住問——

每次大顯身手的時候，
就會變身成為
怪傑佐羅力!!

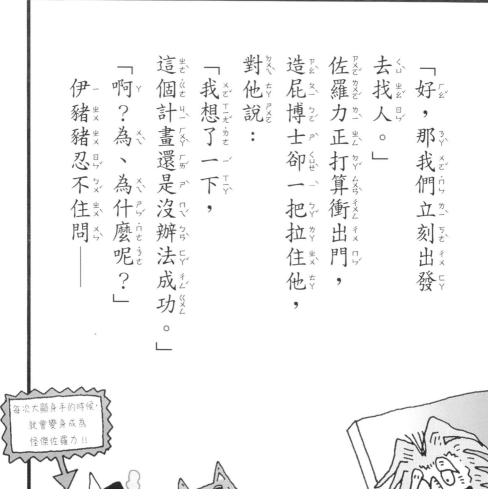

「你說，這一百零六台屁力倍增機，要花多少時間才能做得完？」

造屁博士一邊問，一邊甩著手上的設計圖。

「啊，對喔，我都忘了這件事!!」

沒錯，不管他們四個人再怎麼賣力，再怎麼加油，

都不可能在明天早上，又順利找到放屁高手，同時也完成一百零六台屁力倍增機。

想到這裡，大家都沮喪的低頭嘆氣。

而且，還不只如此，這時，有一股令人渾身發毛的風吹了過來——

——看來，
他們在不知不覺中，
被很多很多的妖魔鬼怪
團團包圍了。

嗚～啊～
想不到，我們就要比別人更早一步迎接世界末日了!!
抖抖抖抖抖抖……

造屁博士嚇得蹲在地上，忍不住渾身發抖。佐羅力也戰戰兢兢的，左看看，右看看，發現出現在周圍的是——

——那些佐羅力過去曾經多次幫助過的妖怪學校學生，他們全都來了。
我們相信，佐羅力大師一定有辦法拯救世界，所以，大家都一起來找你了。
你們這些妖怪呀，根本不用擔心啊，不管怎麼樣，你們仍然可以繼續當妖怪啊，就算地球毀滅了，你們也沒什麼好擔心的啊。
咦？原來你們認識？
這不就是妖怪學校的老師嗎？

不，你錯了。
如果地球毀滅了，
地球上沒有了人類，
我們就沒有人可以嚇了。
那繼續活在這個世上，
還有什麼意義呢？
喔，原來是這樣。
話說回來，
你率領的這群妖怪還真是
多到有點嚇人啊。
啊！
好久不見啦！

佐羅力說完這句話，突然靈機一動。

「博士，現在有這麼多人手了，要製造一百零六台屁力倍增機應該沒有問題吧？」

「好的，那我就留在這裡，指導大家製造方法，嗯，也許真的能成功唷。」

伊豬豬說：

「那，接下來，我們只要再去找三個放屁高手回來就行了。」

博士提醒他們：

「記住，如果不能在明天中午之前找到這些放屁高手，帶他們來這裡，整個計畫就泡湯了。所以，要抓緊時間，一分鐘也不能浪費。」

但是，佐羅力要去哪裡找放屁高手呢？他們眼前的難題像是有一道巨大的牆壁阻礙著。

「聽我說，」

一個可愛的河童女生從妖怪群裡走了出來，她對佐羅力說：

「我有一個河童朋友，他放屁的威力很強。」

「啊？在哪裡？在哪裡？他人在哪裡？」

「他現在不在這裡，因為他喪失了身為妖怪的自信，所以一個人在河童池旁邊傷心難過。」

「喔，你是說河童福來弟嗎？

他不行啦，他無論做什麼都失敗。」

「他根本什麼都不想做。」

「那傢伙一事無成，做什麼都不行啦。」

妖怪們七嘴八舌的議論起來。

「但是，他放屁的威力真的很厲害吧？」

佐羅力向他們確認了這件事後，決定請妖怪學校的老師立刻帶他們去河童池。

☆為了方便大家了解，到底還有幾個小時，隕石會撞到地球，所以在書頁的下方，畫上倒數計時的時間，記得要隨時確認喔。

從右側開始倒數計時
這裡！這裡就是隕石撞到地球的時間!!
原裕
12點
撞擊時間點
半夜
11點 10點 9點 8點 7點 6點 5點 4點 3點 2點 1點 12點 11點 10點 9點 8點 7點 6點 5點 4點 3點

河童池畔有一棵高大的樹木，

一隻河童正坐在樹上發呆。

「喂，你就是福來弟嗎？」

「對啊……」

樹上傳來一個有氣無力的聲音回答。

「本大爺是佐羅力，我有一件事，

無論如何都想請你幫忙。」

「我是個妖怪廢物，

根本連半個人都嚇不到，

你居然來拜託我，搞錯了吧。
讓我一個人靜一靜，不要來煩我。」
福來弟抱著膝蓋說。
「你放的屁威力很強吧，
我已經打聽清楚了。」
佐羅力的話才剛說完，
「啊！」
福來弟就抱著腦袋，
從樹上掉下來了。

悲慘往事1
我要好好嚇一嚇那個釣魚的人
哇，真是讓人緊張啊
嗚哇，真臭啊，臭得讓人受不了，換一個地方釣好了。
臭氣薰天～
要嚇囉
咦？怎麼沒人？
空無一人

「拜託你別再說屁的事了！
我每次只要一緊張，
就會放出很驚人的屁。」
福來弟忍不住回想起之前
因為屁的原因造成失敗的往事。

噗通

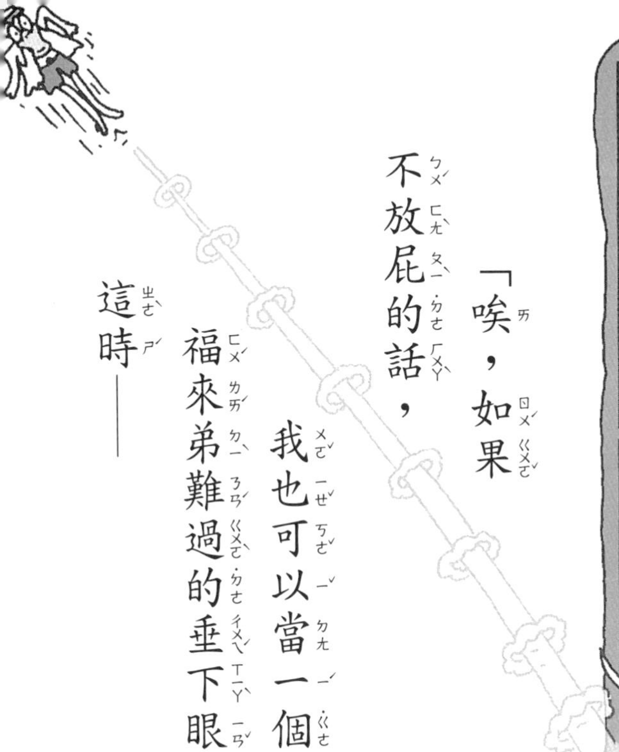

「唉，如果不放屁的話，我也可以當一個優秀的妖怪。」

福來弟難過的垂下眼睛。

這時——

——佐羅力聽了，眼睛亮了起來。

他拍著福來弟的肩膀說：

「這正是我找你的目的，

我想借助你的屁的威力。」

「我不行啦，

你看了這個就知道了。」

福來弟從胸前的口袋裡，

拿出一份剪報，

遞給佐羅力。

放屁英雄！靠著屁的力量
拯救了快沉沒的鐵打你號!!
超豪華客輪鐵打你號在危急之時、即將沉沒之際，剛好也在這艘船上的熊先生──李奧納多．布里奧（二十八歲），放了一個令他引以為傲的威力屁。
他的屁威力相當驚人，竟能讓豪華客輪像是裝上了噴射引擎的火箭一般，浮出海面。
李奧納多．布里奧
親
紛
「得
得救
那一天，
多虧了布
拯救了許多人
你看，和他相比起來，我根本算不了什麼，絕對發揮不了任何作用，一定幫不上忙的。如果你真的想找人幫忙的話，應該找他才對。如果你要找他，我可以帶你去他家。
12點 撞擊時間點
半夜
11點 10點 9點 8點 7點 6點 5點 4點 3點 2點 1點 12點 11點 10點 9點 8點 7點 6點 5點

福來弟帶著他們前往布里奧家，一邊告訴大家布里奧當時到底有多厲害。

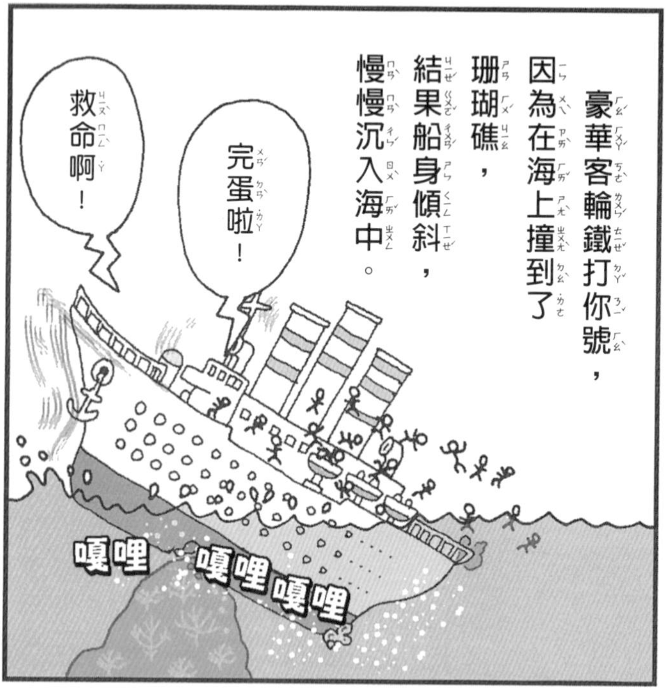
豪華客輪鐵打你號，因為在海上撞到了珊瑚礁，結果船身傾斜，慢慢沉入海中。
完蛋啦！
救命啊！
嘎哩
嘎哩嘎哩

當時，李奧納多·布里奧和他的女朋友羅絲，剛好在船尾的位置。
噗咕噗咕
卡啵卡啵

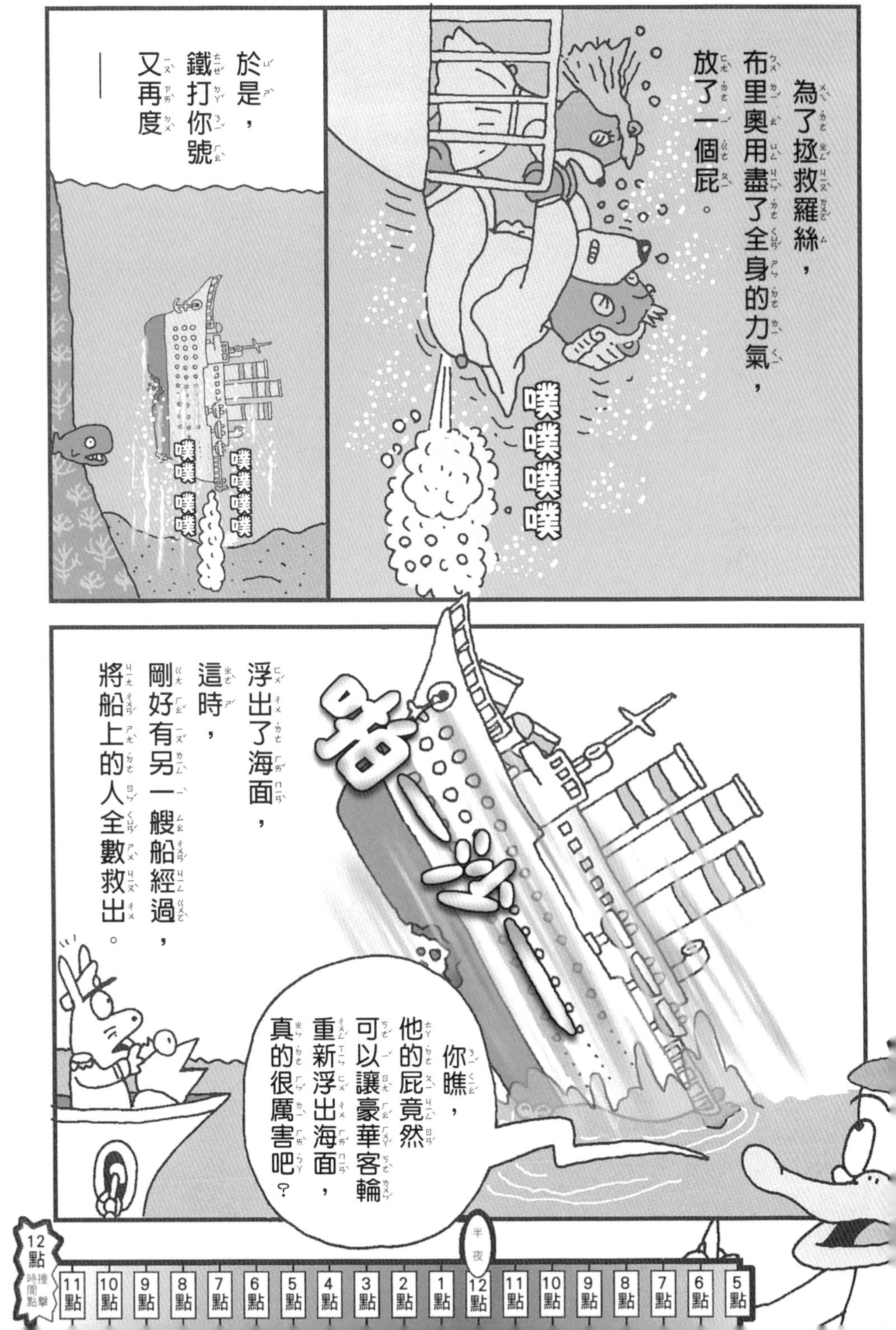
為了拯救羅絲，
布里奧用盡了全身的力氣，
放了一個屁。
噗噗噗噗
於是，
鐵打你號
又再度——
噗噗噗噗
噗噗
噗噗
浮出了海面，
這時，
剛好有另一艘船經過，
將船上的人全數救出。
你瞧，
他的屁竟然
可以讓豪華客輪
重新浮出海面，
真的很厲害吧？
12點
時間撞擊
11點 10點 9點 8點 7點 6點 5點 4點 3點 2點 1點
半夜
12點 11點 10點 9點 8點 7點 6點 5點

「我聽說，布里奧已經和他的女朋友結婚了。啊！那兩個人應該就是他們。」

大家順著福來弟手指的方向看過去，發現在屋前的小院子裡，放了一張小桌子。美麗的夕陽，正映照在一對年輕夫妻身上。

他們兩人坐在桌子旁，
一同舉起了
葡萄酒杯，
準備乾杯。
「呃……」
佐羅力帶著歉意，
不得不打擾
這對幸福的
夫妻——

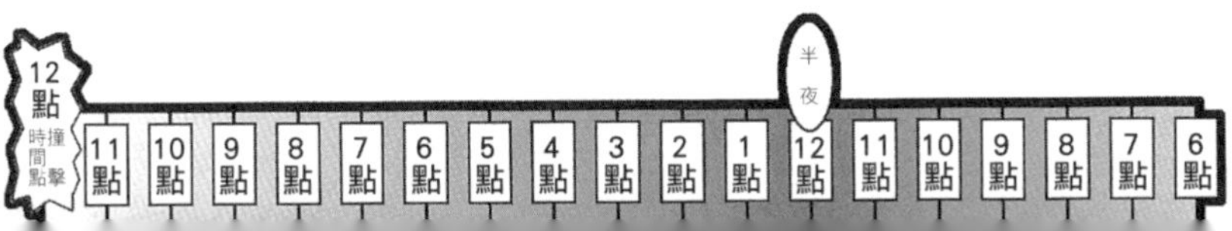

聽到佐羅力的聲音，
兩個人轉過頭來，
但他們的眼中都充滿了淚水。
「可以的話，
請你不要打擾我們，
這是我們能共度的最後夜晚。」
布里奧很嚴肅的說。
「對啊，
我們只想兩個人，

靜靜的迎接
世界末日
的到來。」
羅絲忍不住
哇的放聲大哭起來，
撲進了布里奧懷裡。
「唉，我們的運氣太差了。」
布里奧忍不住對著佐羅力，
訴說起他們的故事。

「我們在鐵打你號上認識，
才剛剛舉行了婚禮，
原本打算明天出發
去度蜜月，
沒想到，竟然遇到了
世界末日……」
布里奧深情的凝望著羅絲。
「我們正打算建立一個

幸福美滿的家庭。

啊啊，好不甘心！

我真的恨死那顆隕石了。」

大滴的淚水從羅絲的眼中滑落下來。

「這一次，即使用我的屁，

也無法拯救羅絲了，唉。」

布里奧重重的嘆了一口氣。

「不，你可以拯救她，

你可以再度靠屁的威力拯救她！」

佐羅力聽了立刻接著說。

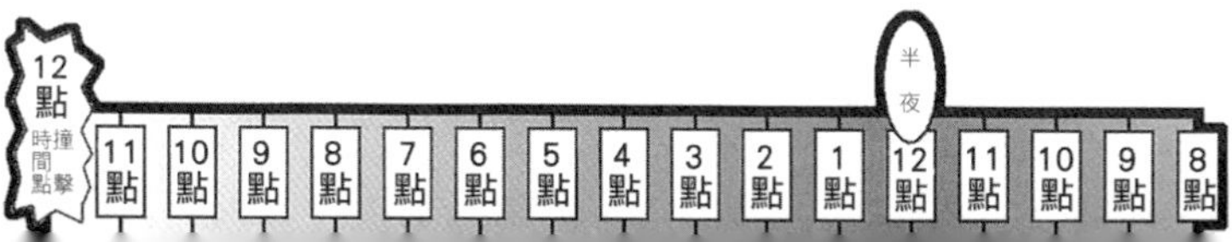

什麼？
你說什麼？

布里奧發出驚訝的疑問。

佐羅力就把計畫的內容，
一五一十的全告訴他。

「原來如此，照你所說，
這樣就可以把那顆隕石彈回外太空去。
好，我答應你，
我一定會放一個威力十足的屁。

等事成之後，
我要帶著羅絲一起去度蜜月。」
「老公，你要加油喔！」
這對年輕的夫妻激動得
緊緊擁抱在一起。

哇！

河童福來弟突然
大聲哭了起來。

12點
撞擊時間點
11點
10點
9點
8點
7點
6點
5點
4點
3點
2點
1點
半夜
12點
11點
10點

「啊啊，布里奧可以因為屁的威力，
娶到了一個美嬌娘，
但是我呢？」
福來弟忍不住又想起了過去，
因為放屁而造成的失敗經驗。

「同樣是屁，
我的屁只會惹女朋友討厭。
反正說來說去，
我就是一個不中用的河童，
不管做什麼事都會失敗，
根本發揮不了任何作用，再見了。」

福來弟說完，
沮喪的轉身準備離開，
但佐羅力連忙拉住了他。

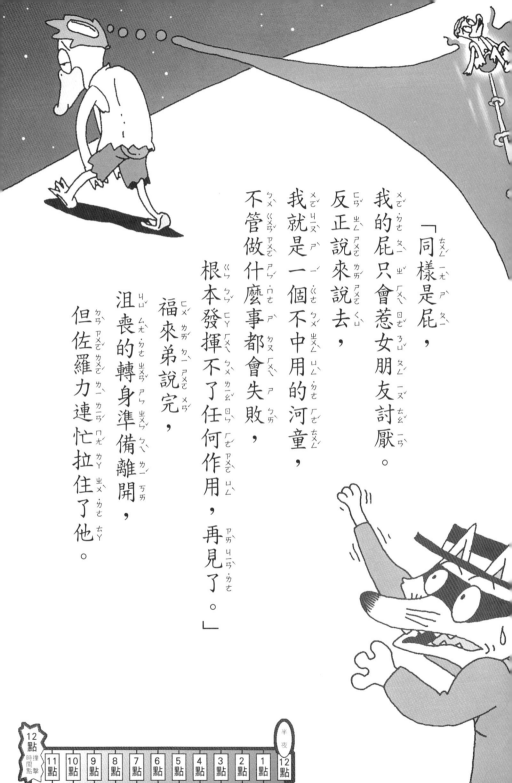

「等一下，你放的屁也是不同凡響、威力相當驚人，我們現在無論如何，都需要借助你的屁力。拜託你，請你一定要跟我們一起去。」

然而，即使佐羅力再三拜託，福來弟仍然聽不進去。

他甩開佐羅力的手，還是要離開。

就在這時，
附近小山丘上，
有一架小型飛機降落了。

昏暗中，有一個身影走下飛機，
朝著他們跑了過來。
佐羅力一看到那個人，
忍不住驚訝萬分。

「這、這不是丹克嗎！」丹克是波斯凱王國的跳台滑雪選手。

他之前參加五輪匹克運動會時，在佐羅力的協助下，順利奪得金牌。

佐羅力也想起了，丹克上一次就是靠著屁的威力，大大增加了跳躍的距離。

「佐羅力教練，
上次得到金牌之後，
我更努力研究了放屁的技術，
現在，我的跳躍能力已經不輸給任何人了，
我聽說你正在尋找放屁高手，
所以就立刻趕來了。」
丹克的聲音很有精神。

「真是太好了，
你怎麼知道我在這裡呢？」

「咦？
佐羅力教練，
不是你特地派人來接我的嗎？」

丹克的表情很驚訝，
他說：

「是那個人開著飛機
來找我的。

所以，

我一聽，

二話不說，

就坐上那架飛機，

飛來這裡找你了。」

大家跟著回頭

看向小山丘，

發現那架

小飛機——

嗡！嗡！

小飛機一下子高高的飛上了天空，轉眼之間，就消失在黑暗中。

「為什麼我覺得那架飛機感覺好眼熟……」

佐羅力媽媽的話

關於小飛機的故事，只要大家回去看看《怪傑佐羅力和神祕的飛機》那一集，就會知道佐羅力的爸爸以前是開飛機的，我想，佐羅力可能想起了這件事。

佐羅力呆呆的望著天空，
伊豬豬忍不住催他，說：
「佐羅力大師，時間快來不及了，
我們還需要再去找一個放屁高手。」
「啊，對唷，現在沒時間發呆。
……但是，我們到底要去哪裡才找得到
放屁高手呢？」
佐羅力只能站在原地，
不知該往哪裡走。

「什麼？還少一個人嗎？」

丹克驚訝的問。

佐羅力用手指著福來弟，

無奈的說：

「他放的屁，威力也很驚人，

但他怎麼也不願意加入我們。」

「唉，像我這種不中用的角色，

根本不可能拯救世界，

去了也沒有用。」

福來弟輕聲嘀咕著說。

丹克聽了，走到他的面前，破口大罵：

你！你根本什麼都還沒有做，
怎麼知道自己不行！
佐羅力教練教會了我一件事，
無論做任何事，都要努力到最後。
假使做了之後還是不行，再聽天由命也不遲。
如果在努力之前就放棄，
那才叫一事無成！

丹克說著說著，臉都漲紅了。

12點
撞擊時間點
11點
10點
9點
8點
7點
6點
5點
4點

哼，你是靠屁奪得金牌。這麼說，你顯然是屁界的菁英分子，像你這種高高在上的人，怎麼可能瞭解我的心情？我從小到大，從來、從來沒有被別人稱讚過。

啊，這樣啊，我們也從來沒有被別人稱讚過喔。
對啊。我們都一樣！都一樣！
跳
跳

說的沒錯！
這兩個傢伙整天冒冒失失，
也常常闖禍犯錯。
不過，他們做什麼事都很賣力。
我也覺得自己根本
沒有能力拯救世界。
但既然還有一線希望，
就要盡力而為，
我們要盡人事，
其他的就
聽天命吧。
點頭
點頭
如何？
你加入我們，
跟我們一起
奮鬥吧！
我、
我真的
可以嗎？……

這時，造屁博士已經完成了巨大的屁力倍增機，正在戶外調整機器的角度。

「再往上，往上一點。對了，對了，就是那裡。那裡剛剛好。只要在這個位置，大家同時放出威力無比的屁，用力一擊，炸向隕石，那顆隕石，

一定會被彈出外太空。

奇怪了，

「佐羅力他們怎麼還沒回來？」

博士一臉擔心，

低頭看著手錶。

「等一下吃地瓜也要花時間。」

「真的能夠找到放屁高手嗎？」

大家也忍不住擔心了起來，

內心感到很不安。

就在這時，
佐羅力他們回來了，
在陽光的映照下，
佐羅力挺起胸膛說：
「放心吧，
七個放屁高手統統到齊了！」
「啊，福來弟也在！」
妖怪們紛紛跑到福來弟的身邊，
大家一起鼓勵他。

沒想到，福來弟卻突然摀住了耳朵，大叫了起來。

「我看我還是不行啦！」

「為、為什麼？怎麼回事？」

大家都不知道他到底怎麼了。

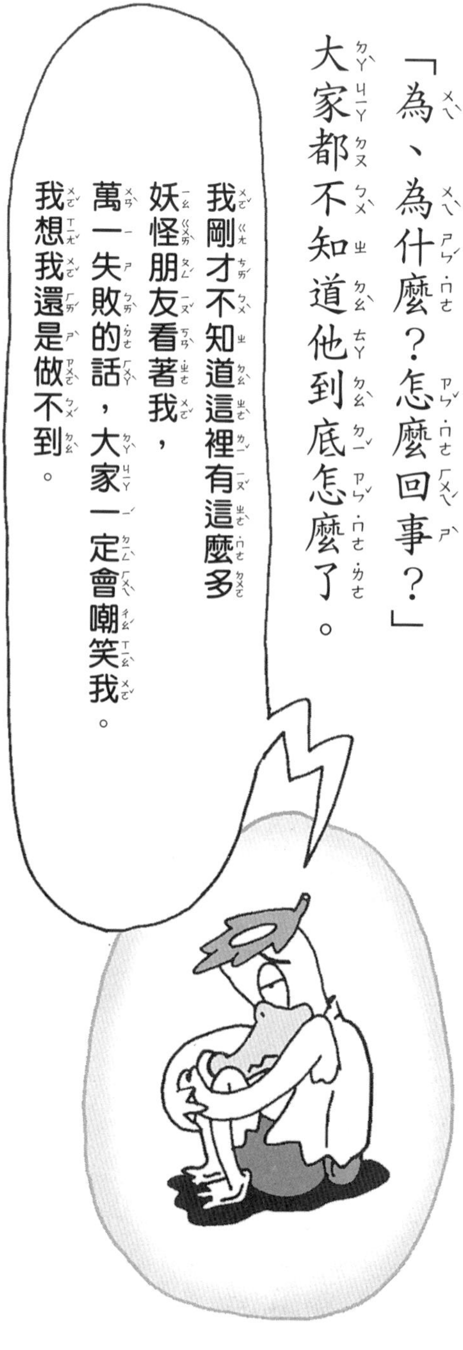
我剛才不知道這裡有這麼多
妖怪朋友看著我，
萬一失敗的話，大家一定會嘲笑我。
我想我還是做不到。

他又縮成一團，蹲在地上。

「你只要盡最大的努力，大家都會稱讚你的。」

丹克努力的勸他。

你們當然不必擔心，
即使失敗了，
反正人死了就沒人知道了。
但是，妖怪還會活著，
萬一我失敗了，
大家一定會永遠嘲笑我。

福來弟仍然低著頭，坐在地上不動。

「真傷腦筋，再不準備開始，真的要來不及了。」

佐羅力實在不知道該怎麼辦才好。

那就由我來吧。

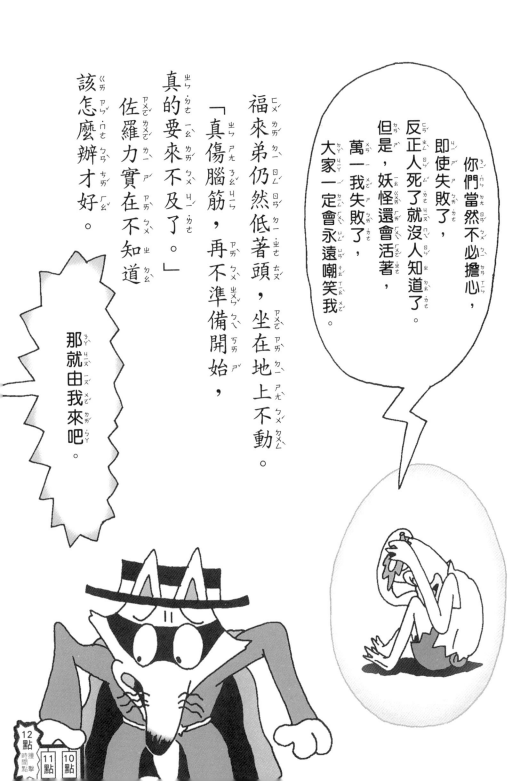

妖怪學校的老師，自告奮勇的站了出來。

「雖然我只能放出威力很普通的屁，但總比缺少一個人來得好。我會拚命吃地瓜，把肚子塞飽，盡最大的努力，增加放屁的威力。」

博士回到電腦前面，啟動程式，重新計算了一遍。

「這樣，成功的機率只剩下『百分之零點一』了。」

「沒關係，只要不是『百分之零』就有希望，好，就放手一搏吧！如果我們的努力沒有發揮作用，那也是沒有辦法的事，大家要一起努力到最後一刻，絕對不能放棄！」

佐羅力的聲音，既洪亮又堅定。

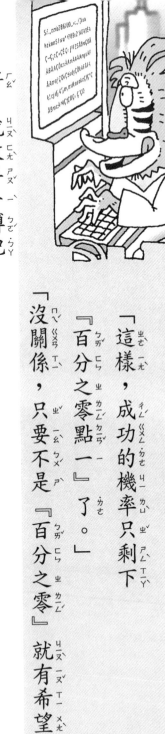

妖怪們找來了好多地瓜、芋頭等食材，
煮出各式各樣的料理，
希望放屁高手可以多吃一點，
放出更有威力的屁。
呵呵。我真是太幸福了。我一定不辜負大家的期待，一定會放出威力十足的屁，把隕石彈出外太空。
可以大口吃到飽了。
七名負責放屁的高手，
覺得這些料理煮得實在太好吃了，
一口接著一口的吃不停。
真好吃，太好吃了！
啊……

只有福來弟沒事可做，
一個人呆呆的縮在角落。
這時，
一名河童女孩拿了一個鍋子，
跑向福來弟。
「來，這個給你吃！」
她邊跑邊說，
還把一整鍋馬鈴薯燉肉，
端到福來弟面前。

「你不是因為我放了屁，
結果對我夢幻破滅，不想再理我了嗎？
你不用管我啦！」

河童女孩聽了福來弟的話，說：

「才不是，放屁這種事根本不重要，
我討厭的是你這也不好、那也不好，
總是不能下決定。
你不管做什麼事，都猶豫不決，整天緊張兮兮的，
現在，大家都在為了百分之零點一的可能性

盡最大的努力，

你呢？你在幹什麼呢？

你去放屁啦！

你趕快吃了我煮的這鍋馬鈴薯燉肉，

然後放出你最厲害的屁。

讓我看看你努力做一件事的樣子，

其實，我一直很喜歡你啊，嗚哇哇……」

　她把鍋子放在福來弟面前，

哭著跑走了。

「福來弟，你打算怎麼做？」
佐羅力輕輕的把手
放在福來弟的肩上，
福來弟開始動手，
一口接著一口，
吃著那個女孩親手
為他做的馬鈴薯
燉肉。

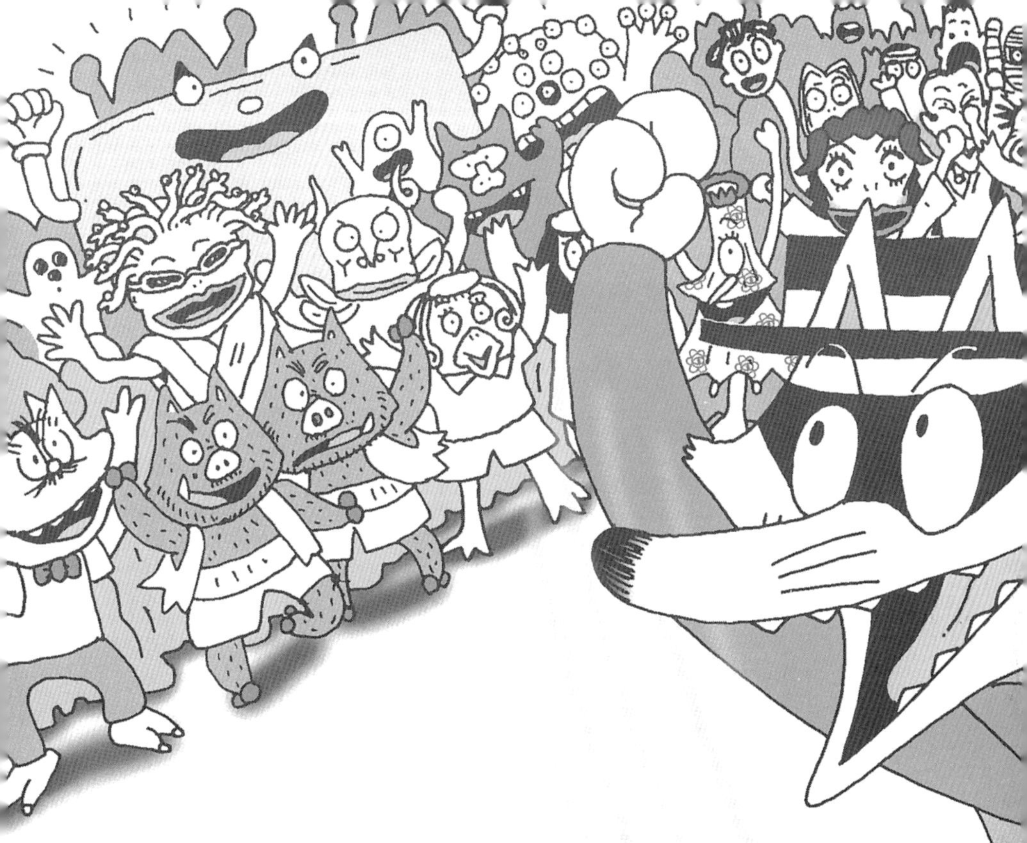

「太好了，
所有的人手都到齊了。
讓我們一起把那顆隕石
彈到外太空去吧！」
「好！」
大家的心全都緊緊的
團結在一起。

博士再次檢查了機器的角度，
等確認完成之後，
全部的妖怪，
一起開始
倒數計時。

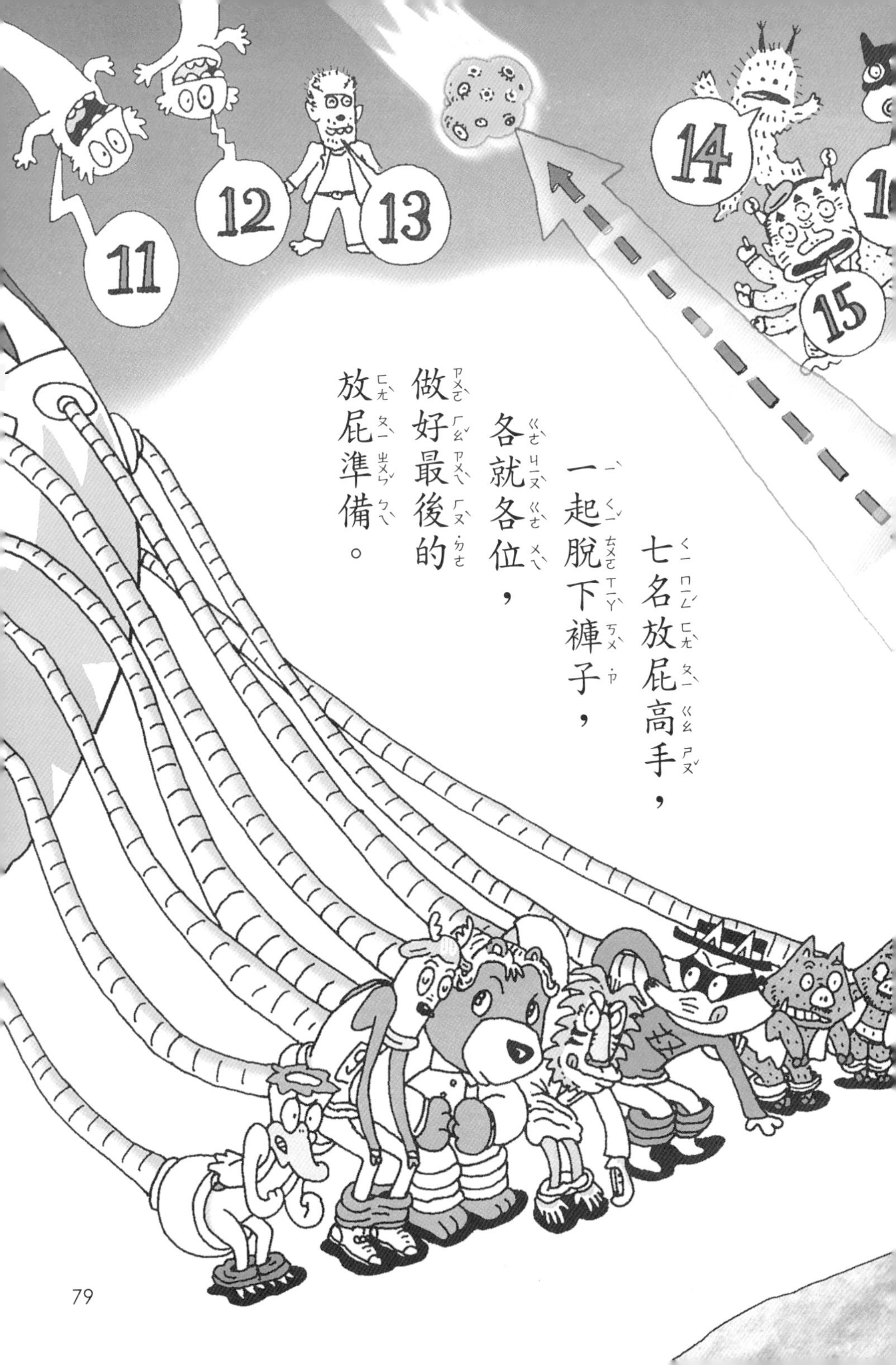

七名放屁高手，
一起脫下褲子，
各就各位，
做好最後的
放屁準備。

為了放出威力最強的屁，他們七個人，都各自卯足了全力。

伊豬豬和魯豬豬，用牙齒緊緊咬住了綁在機器柱子上的繩子，打算使盡吃奶的力氣，讓屁股可以更加用力的把屁擠出來。

佐羅力決定一直到最後關頭，都不放棄把地瓜和芋頭塞進嘴裡。

正當大家把全身的力量，都集中在屁股上——
4
5
6
造屁博士拿出計算機不斷重新計算數據。
羅絲激動的鼓勵著布里奧。
丹克不愧是運動員，他正在閉眼冥想，集中注意力。
福來弟很想要為那個喜歡他的河童女孩，放出最有威力的屁，為了要成功，他現在非常緊張。

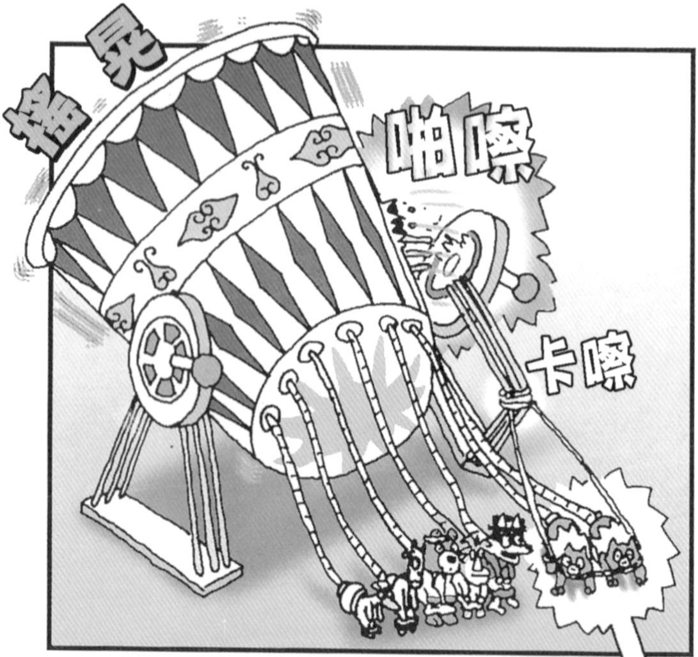

——糟了，

原本放在兩側，

用來支撐

屁力倍增機的柱子，

其中一根竟然斷掉了。

因為伊豬豬和魯豬豬

用力拉扯的繩子，

就綁在那根柱子上。

他們的牙齒咬得太緊了，

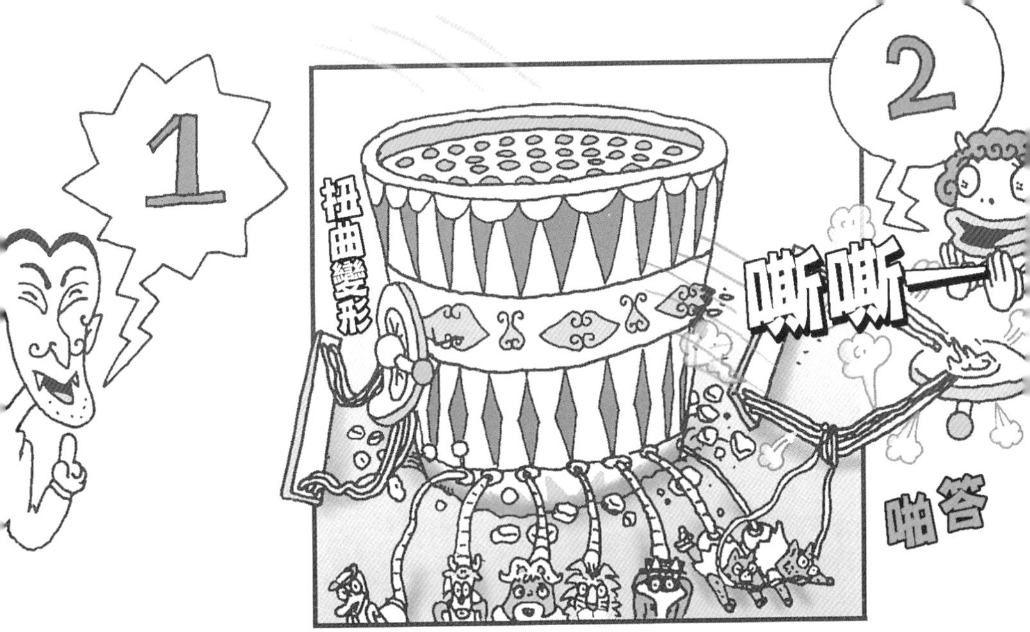

結果，屁力倍增機搖晃了一下，
竟然整個垮下來，
原本對準隕石方向的噴射口，
現在也偏向了正上方。

但是這時，
佐羅力他們的屁
已經快要衝出來，
根本沒辦法
停下來了。

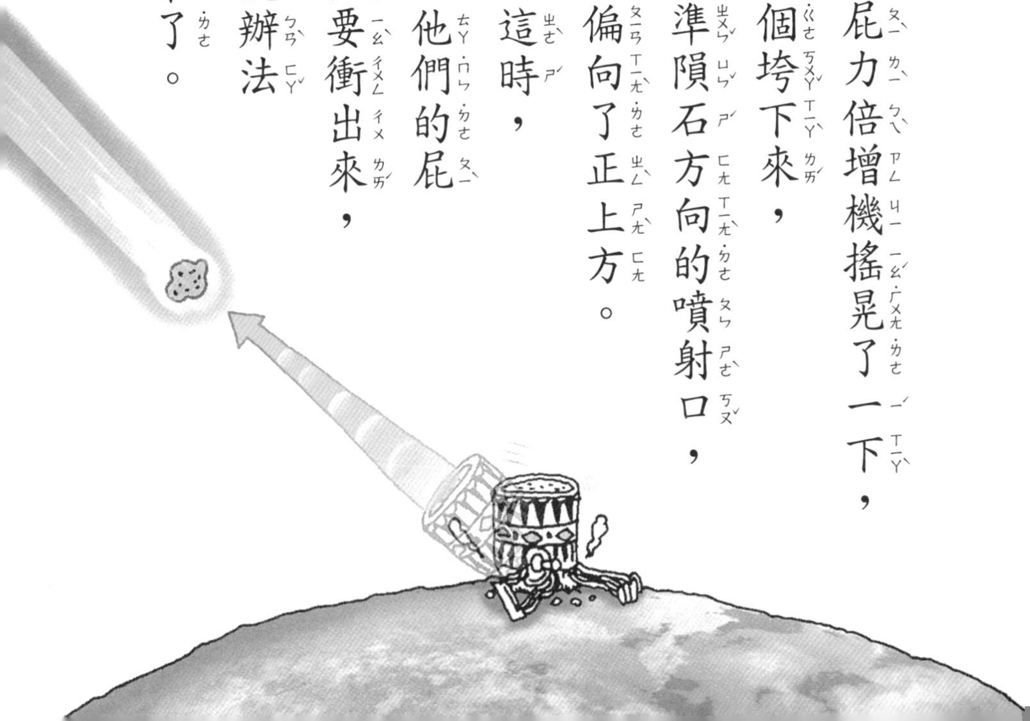

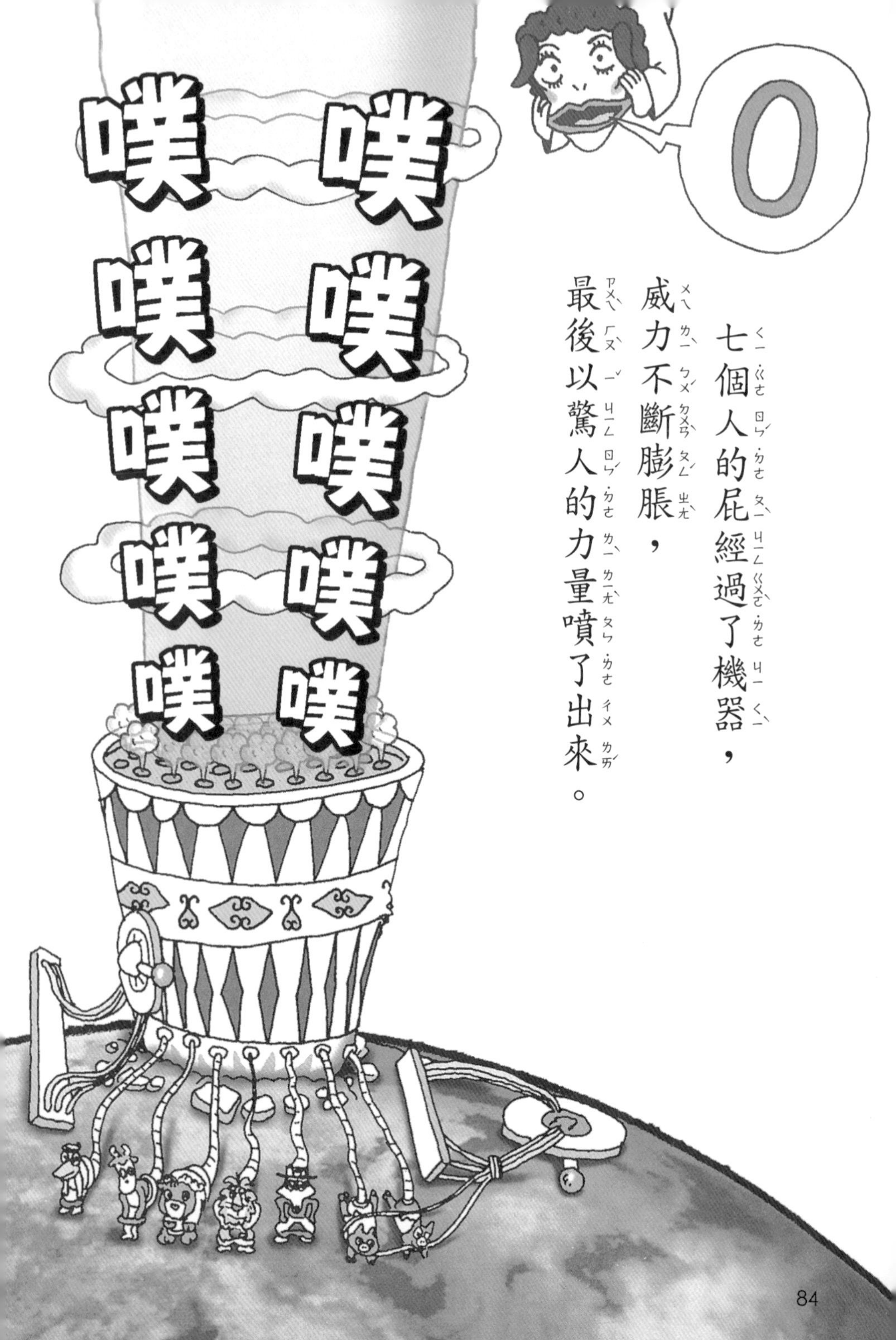

七個人的屁經過了機器，
威力不斷膨脹，
最後以驚人的力量噴了出來。

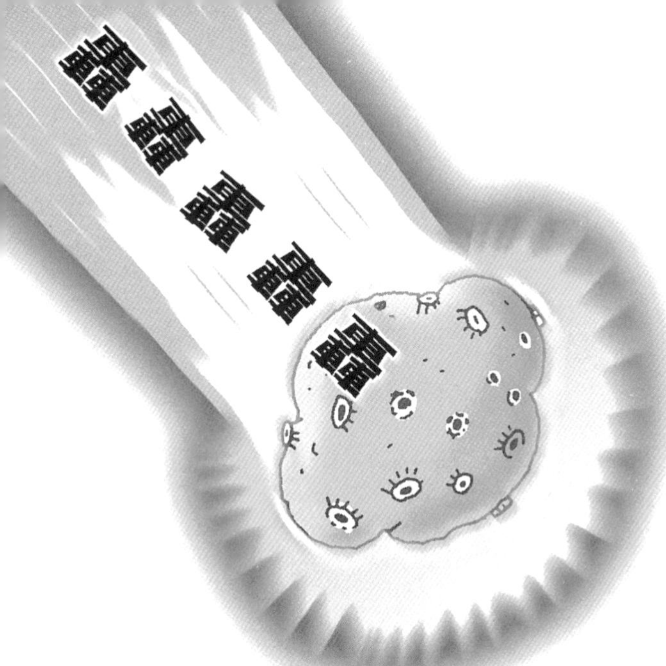

但是，這些威力十足的屁，
完全噴向了錯誤的方向。
原本的計畫徹底失敗了。

各位讀者，再見了。

世界末日
終於到來了。
佐羅力的故事，
也到此為止，
這是最後一集了……

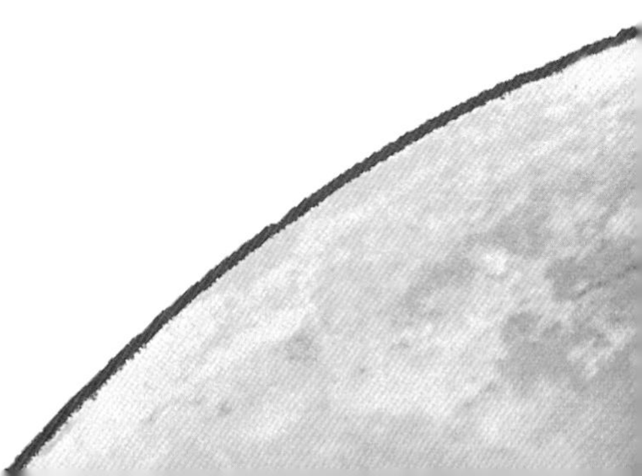

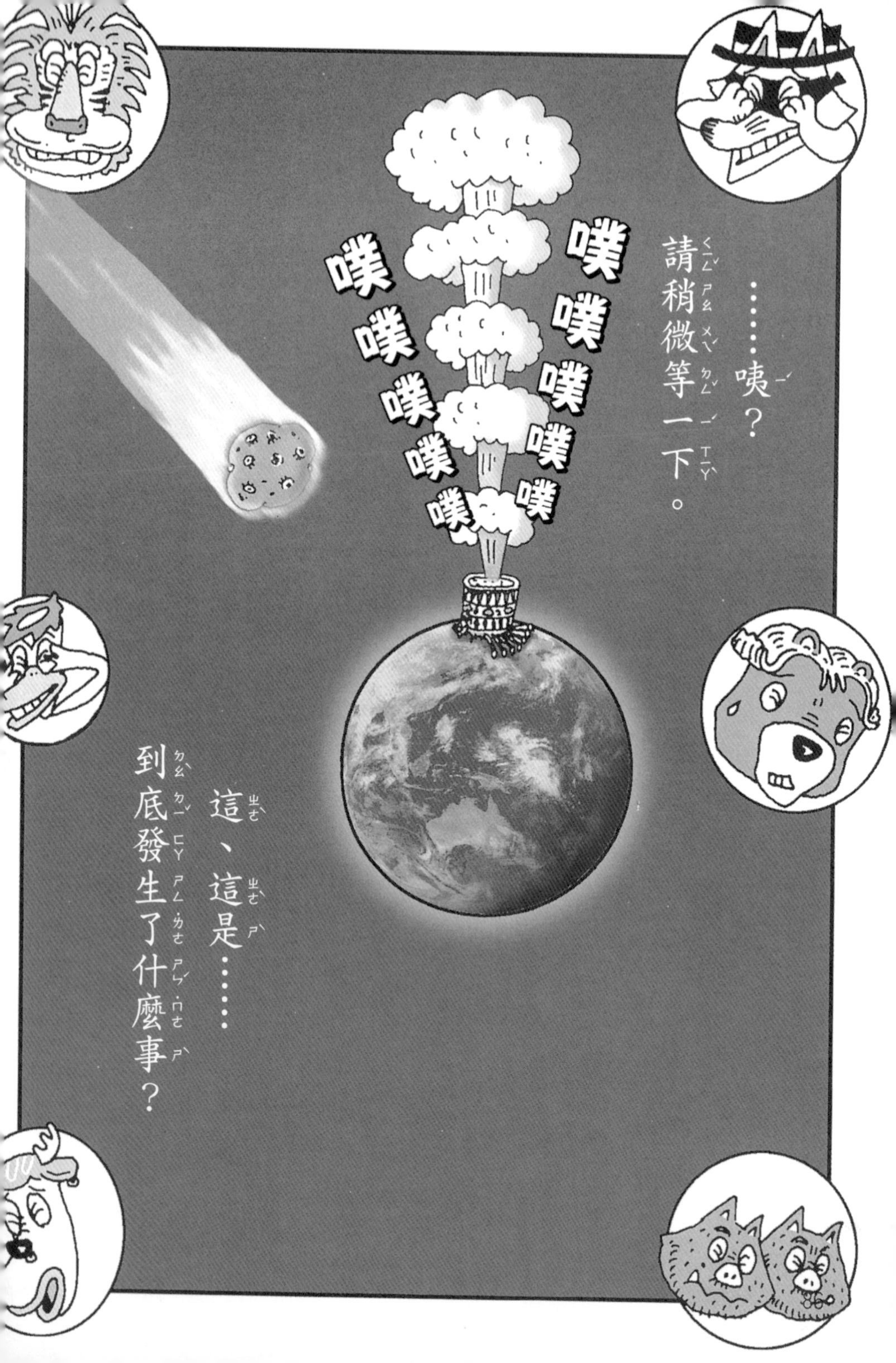
……咦？
請稍微等一下。
噗噗噗噗噗
噗噗噗噗噗
這、這是……
到底發生了什麼事？

因為噴出來的屁力太強了，竟然讓地球整個往下移動，離開了原本的位置。

結果，
那顆巨大的隕石
從地球的旁邊飛了過去，
愈飛愈遠，
最後，
不知道飛到哪裡去了。

轟轟轟轟
咻—咻

這下子，我們終於可以去度蜜月了。
對啊，好開心！
太好了！太好了！果然沒有放棄是對的。這次多虧了大家的努力，真是謝謝大家啊！
了不起，我和我的這些地瓜都很厲害嘛。

哇，你現在知道，只要你有心，就可以做到，不要再逃避了。
啾

太好了，我終於可以向佐羅力教練報恩了。
丹克，謝謝你趕來，真是幫了大忙。

正當大家都沉浸在這個感動的時刻裡，妖怪學校的老師終於忍不住了，他說：

各位！

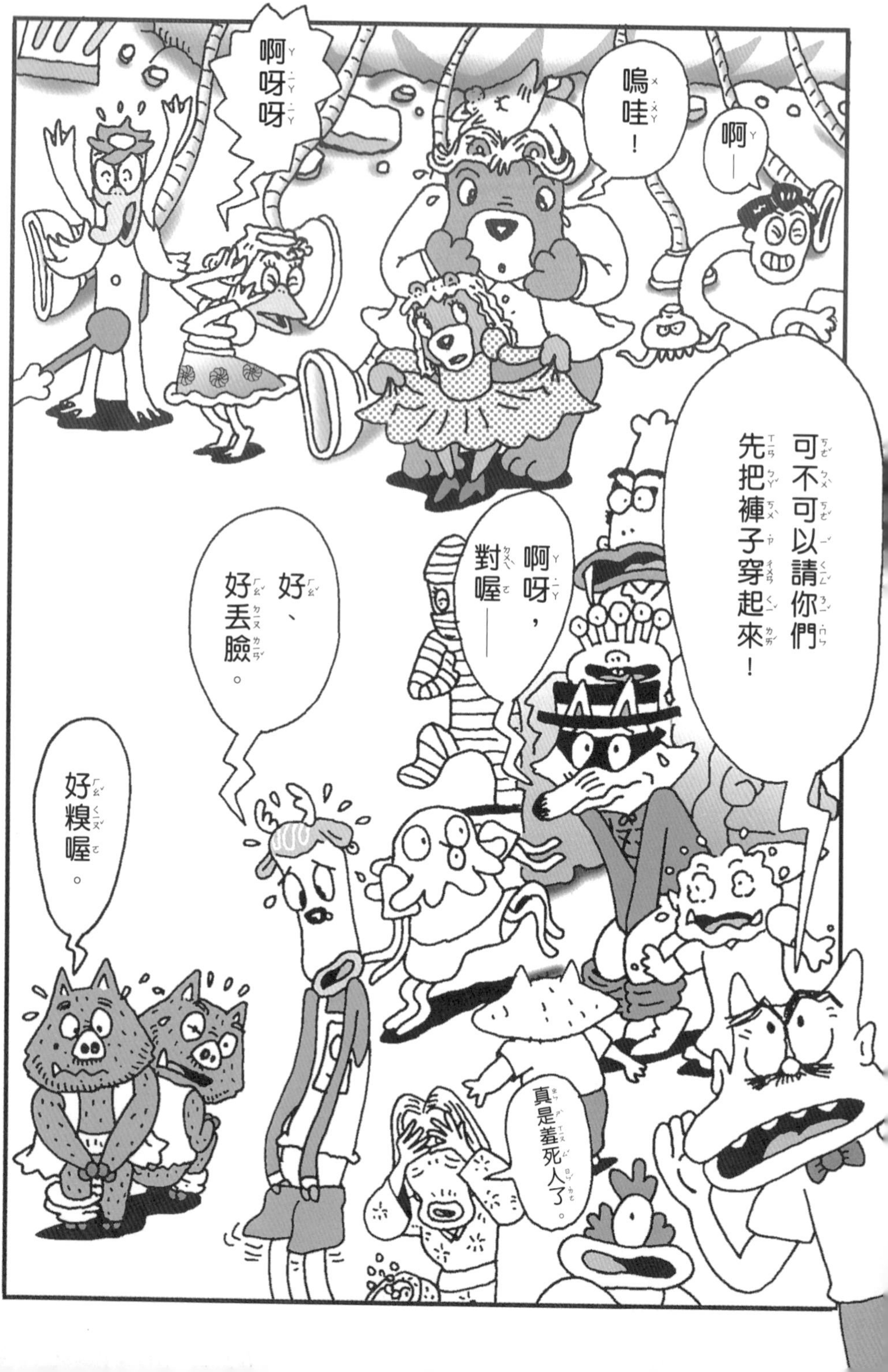

啊——
嗚哇！
啊呀呀
可不可以請你們先把褲子穿起來！
啊呀，對喔——
好、好丟臉。
好糗喔。
真是羞死人了。

全國的民眾
還不知道地球已經
脫離了危險，
街上一片靜悄悄的。
佐羅力和大家
互相祝福、互道珍重，
然後，
滿臉幸福的回到
原本生活
的世界。

直到中午過後，民眾發現什麼事都沒有發生，才一個又一個從家裡走了出來。

隕石到哪去了？
不知道啊，怎麼會不見？
奇蹟、奇蹟真的發生了！
太好了。
嗯！
感謝老天爺！
我們得救了。

嘖，根本沒有人發現是我們齊心協力，才拯救了地球。
對啊，覺得好不甘心唷。
沒關係啦，這種小事不必在意。反正這麼一來，本大爺想要建造的佐羅力城，還有想要迎娶美麗新娘，這些夢想又再度復活了。好，我決定了，從今以後，我要比之前更努力！

• 作者簡介

原裕 Yutaka Hara

一九五三年出生於日本熊本縣，一九七四年獲得ＫＦＳ創作比賽「講談社兒童圖書獎」，主要作品有《小小的森林》、《手套火箭的宇宙探險》、《寶貝木屐》、《小噗出門買東西》、《我也能變得和爸爸一樣嗎？》、【輕飄飄的巧克力島】系列、【膽小的鬼怪】系列、【菠菜人】系列、【怪傑佐羅力】系列、【鬼怪尤太】系列、【魔法的禮物】系列等。

• 譯者簡介

王蘊潔

專職日文譯者，旅日求學期間曾經寄宿日本家庭，深入體會日本文化內涵，從事翻譯工作至今二十餘年。熱愛閱讀，熱愛故事，除了或嚴肅或浪漫、或驚悚或溫馨的小說翻譯，也從翻譯童書的過程中，充分體會童心與幽默樂趣。曾經譯有《白色巨塔》、《博士熱愛的算式》、《哪啊哪啊神去村》等暢銷小說，也譯有【魔女宅急便】系列、【小小火車向前跑】系列、《大家一起來畫畫》、《大家一起做料理》【大家一起玩】系列等童書譯作。

臉書交流專頁：綿羊的譯心譯意。

重現隕石撞地球那一天
的驚險畫面

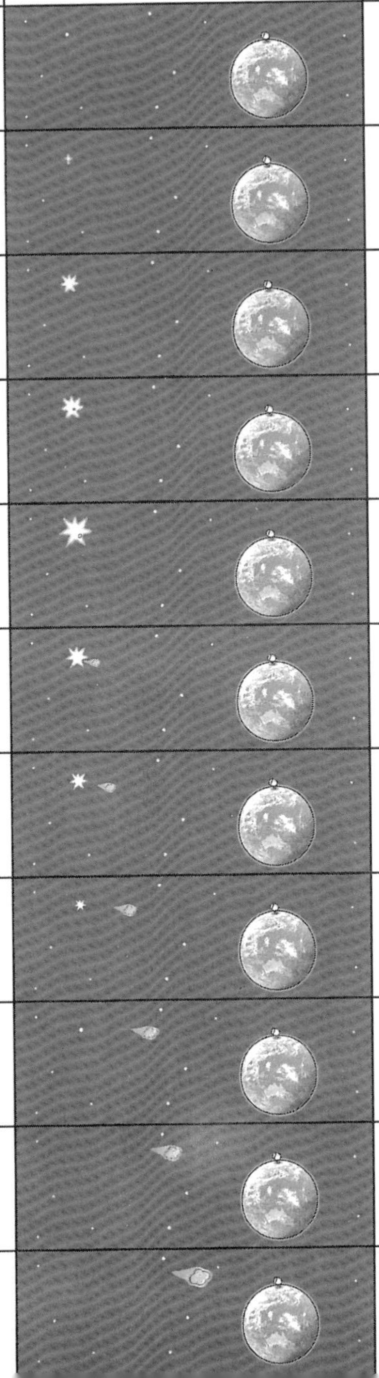

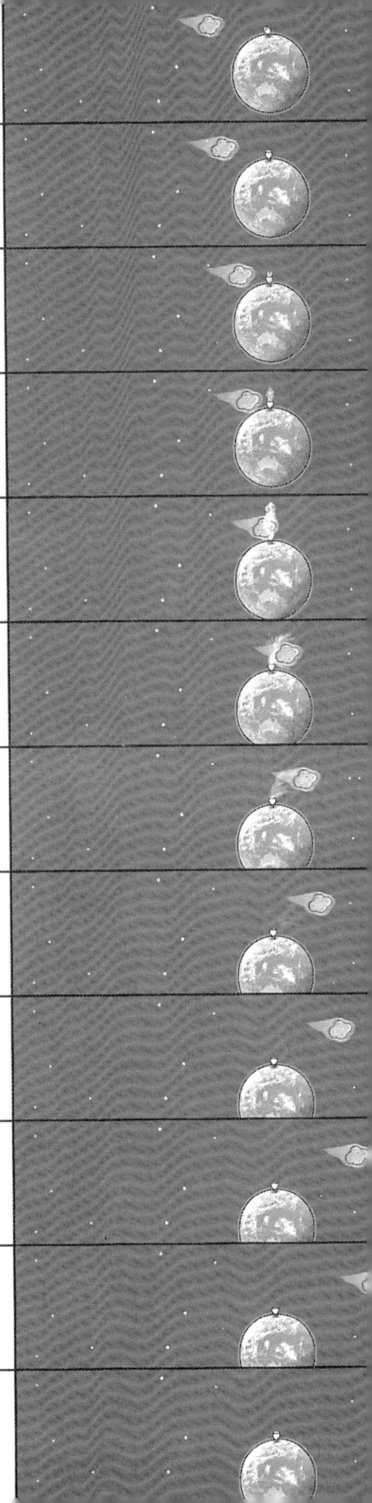

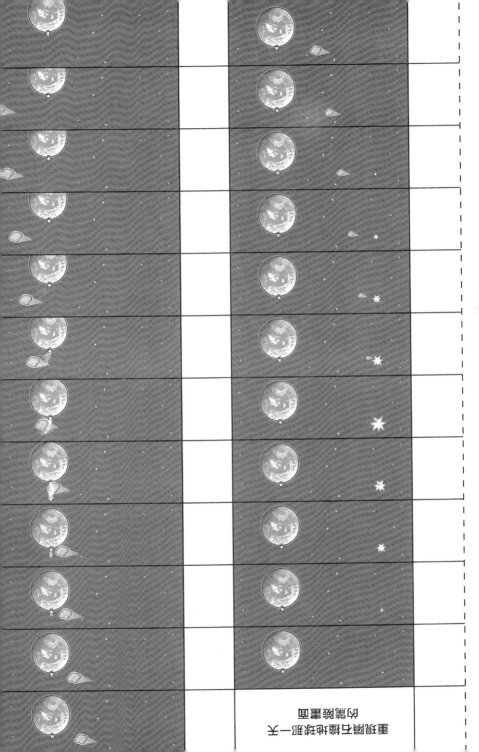

快速連翻動畫

佐羅力變身！

製作方法和玩法請參考本書的後扉頁。

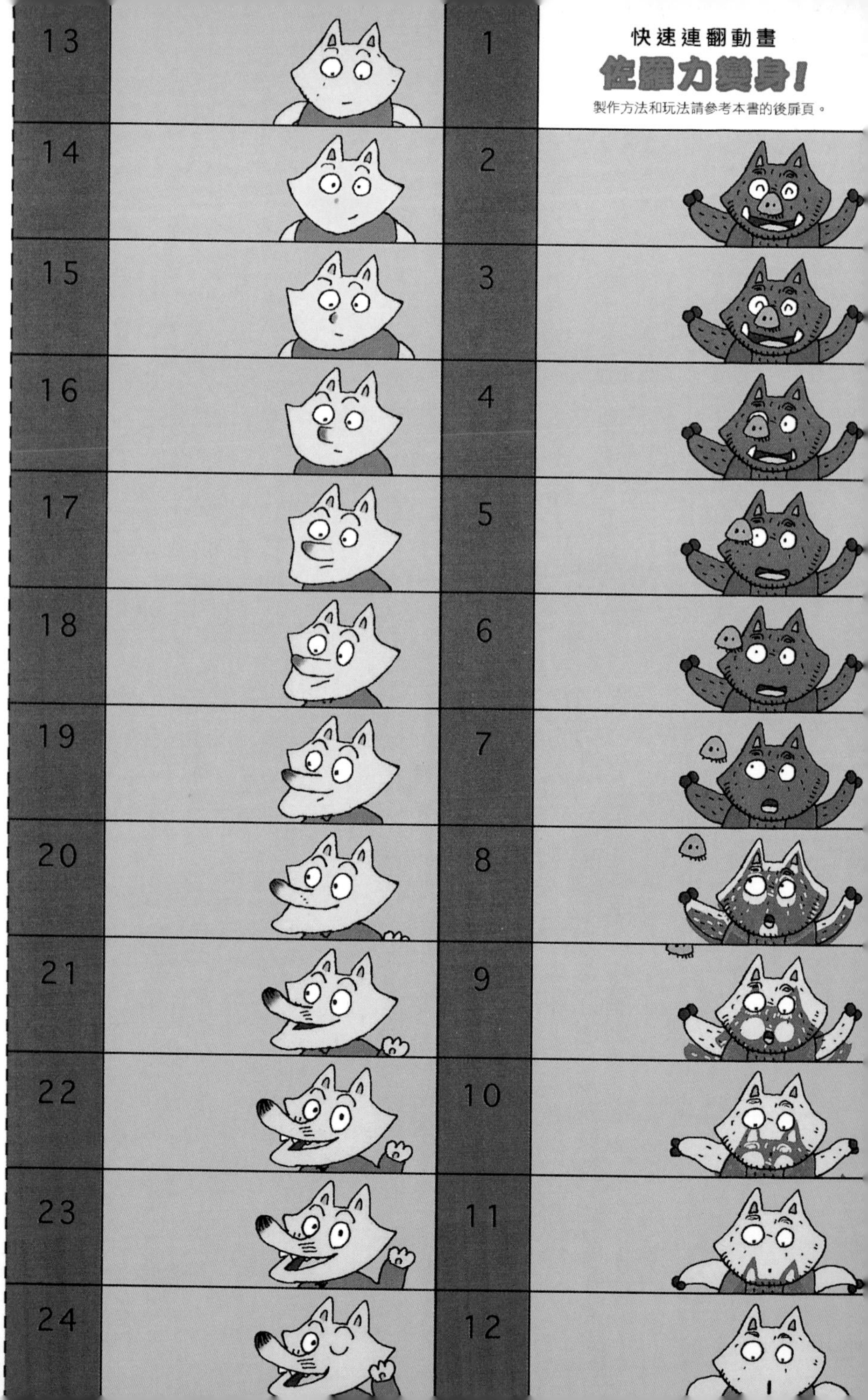

國家圖書館出版品預行編目資料

怪傑佐羅力之拯救世界末日
原裕 文、圖；王蘊潔 譯 --
第一版. -- 台北市：天下雜誌, 2013.04
96 面；14.9x21公分. --（怪傑佐羅力系列；23）
譯自：かいけつゾロリちきゅうさいごの日
ISBN 978-986-241-634-1（精裝）
861.59　　101024775

怪傑佐羅力系列23

怪傑佐羅力之拯救世界末日

作者｜原裕
譯者｜王蘊潔
責任編輯｜黃雅妮
特約編輯｜游嘉惠
美術設計｜蕭雅慧

天下雜誌群創辦人｜殷允芃
董事長兼執行長｜何琦瑜
媒體暨產品事業群
總經理｜游玉雪
副總經理｜林彥傑
總編輯｜林欣靜
行銷總監｜林育菁
資深主編｜蔡忠琦
版權主任｜何晨瑋、黃微真

出版者｜親子天下股份有限公司
地址｜台北市 104 建國北路一段 96 號 4 樓
電話｜（02）2509-2800
傳真｜（02）2509-2462
網址｜www.parenting.com.tw
讀者服務專線｜（02）2662-0332
週一～週五：09:00～17:30
讀者服務傳真｜（02）2662-6048
客服信箱｜parenting@cw.com.tw

法律顧問｜台英國際商務法律事務所・羅明通律師
製版印刷｜中原造像股份有限公司
總經銷｜大和圖書有限公司
電話｜（02）8990-2588
出版日期｜2013 年 4 月第一版第一次印行
2023 年 8 月第一版第十七次印行
定價｜250 元
書號｜BCKCH060P
ISBN｜978-986-241-634-1（精裝）

訂購服務
親子天下 Shopping｜shopping.parenting.com.tw
海外・大量訂購｜parenting@cw.com.tw
書香花園｜台北市建國北路二段 6 巷 11 號
電話｜（02）2506-1635
劃撥帳號｜50331356 親子天下股份有限公司

親子天下
有聲故事書

關於每一位放屁高手的近況

造屁博士新研發的蔬菜

磚頭花椰菜

由栗子和綠花椰菜雜交培育出來的。

梨茄子

由梨子和茄子雜交培育出來的。

造屁博士

◎經過長期研發，已經能夠成功的把可以放出八倍屁的地瓜改良成可以放出九點五倍的屁。目前的目標是十二倍。如果結合佐羅力的屁力倍增機，以後可能會成為取代核能的主要能量來源。敬請期待喔。

李奧納多．布里奧

◎地球危機解決之後，他帶著親愛的妻子羅絲兩人一起去度蜜月，他們當然是搭飛機出門囉。

八卦消息

由於布里奧靠著威力十足的屁解除了種種危機，現在左鄰右舍都叫他**大屁布里奧**。